Das verliebte Ich
Was wäre, wenn alles nur in deinem Kopf stattfindet?

Autor: Matthias Petz

Bibliografische Information der Deutschen Nationalbibliothek:
Die Deutsche Nationalbibliothek verzeichnet diese Publikation in der Deutschen Nationalbibliografie; detaillierte bibliografische Daten sind im Internet über http://dnb.dnb.de abrufbar.

*© 2017 Name des Autors/Rechteinhabers **(Matthias Petz)***

*Illustration: **Matthias Petz***

Herstellung und Verlag: BoD – Books on Demand, Norderstedt

ISBN: 978-3-7431-8017-8

Einleitung

Mein Name? Ehrlich gesagt glaube ich, dieser spielt in meiner Geschichte keine Rolle. Nennen Sie mich Matt oder suchen Sie sich einen Namen aus, mit dem Sie sich identifizieren können. Denn für das persönliche „Ich" gibt es keine Namen.

Aber lassen Sie uns von vorne beginnen. Begleiten Sie mich in meiner Geschichte, die viele Facetten des persönlichen Empfindens, ja sogar der eigenen Identität, wohl mehr als einmal in Frage stellt.

Kapitel 1

Wo soll ich beginnen? Manchmal kommt es mir vor wie ein Traum. Ein Traum, der wohl niemals hätte sein sollen.

In jungen Jahren dachte ich noch nicht groß über das Leben nach. Ich kam frisch von der Universität, das abgeschlossene Studium in der Tasche, wollte die Welt erforschen, Orte fotografieren und meine Erlebnisse und Erfahrungen niederschreiben. Dass ich einmal eine ganz andere Geschichte schreiben würde, konnte ich bis dahin nicht einmal ansatzweise ahnen.

Nach meinem Studium wollte ich nach Venedig. Die Welt entdecken, alten Legenden auf der Spur sein. Die berühmte Stadt Casanovas. Ein Mann, der sich der Liebe verschrieb und erst am Ende die wahre Liebe wirklich fand und alles für sie aufgab. Was war so besonders an dieser Stadt? Eigentlich nur ihre Menschen.

Das Leben auf der Straße, die Art das Leben zu sehen. So machte ich mich auf, um etwas von der Welt zu entdecken. Bilder zu machen und einfach ohne großen Plan, ohne vorher festgelegten Ablauf, die Welt zu erkunden.

Meine erste Station war jedoch nicht Venedig, sondern Rom. Eine beeindruckende Stadt, ein Magnet voll von Touristen und Einheimischen. Aber das interessierte mich nicht. Als leidenschaftlicher Fotograf suchte ich jene Seitengassen ab, die die heutigen „Römer" ihr zu Hause nennen. Ein Leben abseits der Stadt, eine kleine eigene Welt für sich. Von jedem wurde man höflich begrüßt, überall bekam man einen Kaffee angeboten. Einladungen von Einheimischen waren schon fast an der Tagesordnung; fast so, als wäre man selbst ein Teil dieser kleinen Gassen Roms, die für Touristen oftmals so uninteressant waren – was ich nie verstehen werde.

Ich beschloss, spontan eine Weile in Rom zu bleiben. Ich suchte mir ein günstiges Zimmer, frühstückte mit meinen vorübergehenden Nachbarn und ließ mir von ihnen die Stadt aus ihrer Sicht zeigen. Es kam mir vor wie Tage, aber ehe ich mich versah, war ich schon Wochen in Rom. Viele Fotos zierten den Tisch in meinem Zimmer. Aber nicht von Sehenswürdigkeiten wie bei den unzähligen Touristen, die ich während meiner Streifzüge durch die Stadt sah, sondern von den Abenden mit den Menschen. Keine Klischees wie auf Touristen-Fotos, sondern wahrhafte Erinnerungen der ganzen Zeit. Es war manchmal seltsam. Morgens verließ ich das Hotel, jeder kannte mich auf der Straße, als wäre ich schon seit Jahren hier. Mittlerweile hatte ich schon provisorisch eine kleine Dunkelkammer in meinem Hotelzimmer eingerichtet, kannte die örtlichen Geschäfte und wusste genau, wenn ich fragen musste, wenn mir was fehlte. Doch eines fehlte doch...

An regnerischen Tagen, wenn das Leben auf den Straßen zum Stillstand kam, sah ich oft ein Bild vor meiner Kamera: frisch Verliebte. Liebespaare, denen der

Regen nichts ausmachte. Als würde in diesem Moment die ganze Stadt ihnen gehören. Viele ließen sich mit Freude fotografieren. Mit manchen von ihnen pflege ich heute noch Kontakt und tiefe Freundschaften.

Sie fragen sich wahrscheinlich, was hat das Ganze mit der Geschichte zu tun? Ganz ehrlich? Darauf habe ich keine Antwort, nur die Gewissheit, dass es ein sehr wichtiger Teil dieser Geschichte ist.

Aber kommen wir zurück zur Story. An so vielen Regentagen war ich oft von Heimweh geplagt. Verstehen Sie mich nicht falsch, mein zu Hause war eigentlich schon lange nicht mehr meine alte Heimat, sondern hier in den kleinen Gassen Roms. Hier kannte man sich noch und wenn nicht, dann lernte man sich ohne Hintergedanken bei einem guten Glas Rotwein und angenehmer Musik kennen.

So lernte ich auch Francesca kennen. Eigentlich eine untypische Liebesgeschichte, wenn ich heute darauf zurück schaue. Es war ein regnerischer Herbsttag, eigentlich nichts Besonderes, aber trotzdem anders als bisherige Regentage. Ich genoss die Ruhe, sah zu, wie die Regentropfen langsam auf die Tische und Stühlen runter tropften und sich zu kleinen Pfützen vereinten.

Da bemerkte ich sie, eine junge Dame, die unter einem offenen Sonnenschirm saß und ihren Kaffee trank. Sie hatte dieses gewisse Etwas an sich – aber fragen Sie mich bitte nicht, was es für mich war. Für den einen ist es ein bestimmter Blick, für den anderen kann es die Art und Weise sein, wie man sich die Haare aus dem Gesicht streift. Irgendetwas hatte sie an sich, sie wirkte genauso in sich verloren beim Beobachten der Regentropfen wie ich selbst. Und doch strahlte sie etwas aus, was meinen Blick immer wieder zu ihr wandern ließ.

Eigentlich untypisch für mich, jeden Tag fotografierte ich so viele Menschen, die genau so die Ruhe suchten wie sie. Aber irgendwie traute ich mich in den ersten Momenten doch nicht, sie mit meiner Kamera festzuhalten. Hatte ich Angst, sie auf mich aufmerksam zu machen? Was ich nicht bemerkte, dass sie selbst eine Kamera dabei hatte - eine kleine Sofortbildkamera. Als sie mich bemerkte, lächelte sie mich an, nahm ihre Kamera und machte ein Foto von mir. Ich hatte nicht einmal genug Zeit, um meine Kaffeetasse aus der Hand zurück auf den Tisch zu stellen. Kurz darauf machte sie ein Foto von sich selbst, stand auf und ging in meine Richtung. Sie sah mich an, legte ihr Foto auf meinen Tisch und verschwand in eine der unzähligen kleinen Gassen Roms.

Bis heute kann ich mich noch sehr gut an diesen Moment erinnern - als wäre es erst wenige Sekunden her. Ich betrachtete ihr Foto zum ersten Mal und spürte diese unerklärbare Verbundenheit, eine mir bis dahin nicht bekannte Vertrautheit. Doch bis ich wieder bei Sinnen war, war sie schon verschwunden. Die nächsten Tage beschäftigte mich dieser Moment immer wieder. Warum sagte sie nichts? Warum machte sie das

Foto von mir? Und warum legte sie das Portrait von sich auf meinen Tisch? Vor allem: Warum beschäftigten sie und ihr Verhalten mich so sehr?

Irgendwie musste ich sie wieder sehen, doch Rom war groß. Wie sollte man unter so vielen verschiedenen Menschen eine einzige, bestimmte Person wieder finden? Es war wie mit der berühmten Nadel in dem noch viel berühmteren Heuhaufen - eine für mich alleine eigentlich unmögliche Angelegenheit...

Dennoch muss ich heute zugeben, dass ich das Foto damals immer in meiner Tasche dabei hatte. Jeden Tag bei der Sichtung meiner neuen Fotografien kam es wieder zum Vorschein. Was ich zu dem Zeitpunkt noch nicht wusste, dieses Foto sollte mich nur eine Zeit lang auf meinem Weg begleiten und dann für immer verlorengehen. Außer in meiner Erinnerung: Dort wird dieses Foto ewig bleiben - unverändert wie an jenem verregneten Tag, als sie es für mich gemacht hat.

Kapitel 2

Am nächsten Tag suchte ich wieder dasselbe Café auf. Strahlender Sonnenschein, die Gassen Roms waren wieder das blühende Leben. Wenn es auch langsam Herbst wurde, so konnte ich mich nicht auf die Schönheit der Straßen einlassen. Noch immer dachte ich an die Begegnung mit dieser Frau.

Ich beschloss den Tag in diesem Café zu verbringen, beobachtete Leute und sah all diese verliebten Pärchen durch die Straßen schlendern. Von vielen machte ich Aufnahmen, doch aus dem Augenwinkel war ich immer noch auf der Suche nach einer bestimmten Dame. Vielleicht erhoffte ich mir ja, dass es ihr ebenso ging und sie genau wie ich zurückkam, um auf das Gegenüber mit der Kamera auf dem Tisch zu warten.

Heute weiß ich nicht mehr warum, aber irgendwas brachte mich dazu, das Foto heraus zu nehmen und auf die Rückseite zu schauen. Warum kam ich nicht früher auf diese Idee? Dort stand ein Name. „Francesca". Was mir auf den ersten Blick nicht auffiel, dass dort zusätzlich der Name des Cafés darunter stand und eine Uhrzeit. 20 Uhr.

Seit dem Frühstück war ich schon hier, an demselben Tisch wie beim ersten Mal, aber erst eine Stunde davor bewog mich etwas, auf das Foto zu sehen. Doch wie sollte ich mich mit ihr unterhalten? Mein Italienisch war nicht das Beste, obwohl ich schon so viel Zeit hier verbracht hatte.

Ich bestellte ein Glas Wein und vergaß völlig die Zeit. Ein bekanntes Gefühl, dasselbe wie beim ersten Mal ließ mich aufblicken - auf einmal stand sie vor mir und lächelte mich einfach nur an. Im ersten Moment wusste ich nicht, wie mir geschah. Dieser Augenblick kam mir ewig vor, als würde alles um uns herum still stehen. Alles bewegte sich für mich wie in Zeitlupe. Da nahm sie mich plötzlich an der Hand und führte mich die Gasse hinab, ließ mir jedoch gerade noch genug Zeit, um das Geld hastig auf den Tisch fallen zu lassen. Viel zu viel, wie ich später bemerkte, doch das war mir in dem Moment völlig egal. An einer kleinen Bank hielten wir an, sie wollte mir etwas zeigen, doch sie sagte kein einziges Wort. Da nahm sie ihre Kamera in die Hand, machte ein Foto und gab mir das sich langsam entwickelnde Polaroid in die Hand. Gespannt starrte ich es an und wartete, bis sich das graue Bild Stück für Stück in ein fertiges, kleines Kunstwerk verwandelte.

Darauf war ein sehr romantisch wirkendes Restaurant zu sehen. Ich sah sie an und sie gab mir zu verstehen, dass ich nochmals auf das Foto sehen sollte. Erst jetzt fiel es mir auf: ein gedeckter Tisch für zwei Personen bei Kerzenschein. Ich lächelte sie an, nahm ihre Hand und wir gingen zu unserem ersten Rendezvous.

Heute betrachtet kommt es mir immer noch wie in einem Traum vor. Wir konnten uns nicht verständigen, jedenfalls nicht in derselben Sprache. Aber in unseren Bildern... dort hatten wir irgendwie einen Draht zueinander. Als würden wir das Gleiche im selben Augenblick sehen.

Den Abend über waren wir in unserer eigenen kleinen Welt. Immer, wenn einer von uns dem anderem etwas sagen wollte, machten wir ein Foto und schauten uns gemeinsam die Motive sehr sorgfältig an. Meine Aussprache war nicht immer die Beste, aber wir lachten bei jedem meiner Versuche aus vollem Herzen.

Eine solche Verständigung findet man wohl nur einmal im Leben. Wir trafen uns die darauf folgenden Abende immer wieder. Und jedes Mal gab sie mir ein Foto mit einer handgeschriebenen Uhrzeit auf der Rückseite darauf. Das jeweilige Motiv war der neue Ort für unsere Verabredungen.
Ich versuchte sie noch fragen, wie ich die Orte finden kann. Sie lächelte mich an, zeigte auf das Foto und verschwand, bevor ich es ihr wiedergeben konnte.

Zurück blieben Ratlosigkeit und das Foto in meiner Hand. Ich brauchte mal Stunden, mal Tage, um jeden einzelnen Platz zu finden. Doch war mir keiner dieser Orte völlig unbekannt.

Bewusst oder nicht, schickte sie mich auf eine Reise durch das Leben von Rom. Aber irgendwie kam es mir vor, als würde ich mehr sehen als nur das Leben Roms. Viel mehr seine Seele. Ich kam an Plätzen vorbei, an denen sich Liebende Versprechen für die Ewig-

keit gaben. Keine Touristenstätte, wie Sie jetzt vielleicht denken mögen.
Es war, als würde es noch mehr geben, noch mehr als die Stadt an sich. Und jedes Mal, wenn ich den nächsten Ort gefunden hatte, wartete schon Francesca mit einem Lächeln auf mich. Als ob sie genau wusste, wie lange ich bei jedem Bild brauchen würde, um herauszufinden, wo in dieser Riesenmetropole es sich befindet. Nach ein paar Wochen nahm sie mich mit auf den Aussichtspunkt auf einer alten Stadtmauer. Sie legte ein Foto nach dem anderem vor mich und bat mich, die Fotos, die sie mir bei jedem unserer bisherigen Treffen gegeben hatte, heraus zu nehmen.

Jedes einzelne legte sie zu einem großen Foto und zeigte mir auf diese Weise, dass sie mir ihre Stadt aus ihrer Sicht näher bringen wollte. Ohne die rosarote Brille, wenn man frisch verliebt ist, ohne Touristenführer und ohne Stadtplan. Nur durch ihren eigenen Blick, ausgedrückt in ihren Fotos.
Langsam dämmerte der Sonnenuntergang und wir standen immer noch auf der Stadtmauer und sahen uns die Fotos an. Ich erzählte ihr, was ich an jedem einzelnen Platz gesehen hatte, wie ich jeden ihrer ausgesuchten Orte letztendlich doch gefunden hatte.

Nach einiger Zeit - ich weiß nicht, ob es Sekunden oder Stunden waren - sahen wir uns nur noch in die Augen, doch nach Hause wollte keiner von uns. Als die Nacht endgültig dämmerte, küssten wir uns zum ersten Mal. Dann sah sie mir in die Augen, gab mir ein weiteres Foto und verschwand mit einem Lächeln. Auf der Rückseite waren ein Herz und eine Uhrzeit.

Doch dieses Mal kam mir das Motiv nicht mal ansatzweise bekannt vor. Viele mögen vielleicht an dieser Stelle denken, dass es eine tragische Liebesbeziehung war. Vielleicht war sie das, aber sie zeigt auch, dass man sich ohne Worte, nur mit Bildern, genau so viel sagen kann, als wenn man die gleiche Sprache spricht. Im Nachhinein finde ich die Vorstellung, dass Bilder Grenzen überwinden können, eine schöne Art um sich näher zu kommen.

Von Zeit zu Zeit verblasst meine Erinnerung, doch dann kommen die Bilder, jedes für sich, wieder in mein Gedächtnis. Francescas letztes Foto zeigte eine alte, verfallene Statue. Genau zu erkennen war sie leider nicht mehr. Von dem Abend gleichermaßen verzaubert und verwirrt ging ich wieder in mein Hotel zurück.

Dort fragte ich jeden, den ich seit Monaten schon kannte, doch leider konnte mir keiner genau den Ort, an dem diese Statue stehen sollte, sagen. Ich hoffte, dass sie erneut auf mich warten würde, so wie all die Male zuvor. Doch, um ehrlich zu sein, verließ mich in diesem Moment etwas der Mut, da es ein für mich völlig unbekannter Fleck Roms war.
Wie so oft saß ich wieder in meinem Stammcafé, trank meinen Kaffee, doch diesmal hatte ich keine Augen für das Leben Roms. Ich sah mir immer wieder die Bilder an, dachte, ich komme so vielleicht an ei-

nen Hinweis, den ich übersehen hatte. Doch leider fand ich nichts. Nach einigen Tagen beschloss ich den Aussichtspunkt auf der Stadtmauer wieder aufzusuchen.

Ich sah mir den Sonnenuntergang an und unterbewusst hoffte ich wohl, dass Francesca einfach auftauchen würde.

Im Nachhinein muss ich zugeben, dass ich schon überlegte, meine Reise fortzusetzen und weiter nach Venedig zu reisen. Vielleicht war es nur eine Geschichte, eine Liebesgeschichte in Bildern. Ein Kapitel meines Lebens, meiner Reise.

Ich beschloss, auf der Mauer ein Stück weiter zu gehen, eine kleine Treppe hinunter, die mir bisher noch nicht aufgefallen war. Alles war hier sehr verwinkelt, überall sah ich kleine Gärten, Cafés und Restaurants. Weinreben wuchsen an Seilen über den Straßen und an den Fassaden empor, beleuchtet von einzelnen Straßenlaternen. Nach so vielen Monaten, die ich nun schon in dieser Stadt war, konnte sie mich immer noch überraschen.

Ein paar Meter weiter war an einer Ecke ein kleiner Pizzabäcker, vor dessen Weinstube eine Handvoll alter Tische mit passenden Stühlen standen, alles eingerahmt von Weinreben. Ich entschied mich für eine kurz Rast, bestellte ein Glas Rotwein, als mir plötzlich auf der anderen Seite, inmitten der Reben, eine kleine Statue auffiel. Ich holte das Foto aus meiner Hemdtasche, sah es mir genau an und stellte fest: Das war die Statue, von der ich schon fast überzeugt war, sie niemals hätte finden zu können.

Ich blickte hoffnungsvoll auf die Uhr, doch leider war ich schon zu spät. Ich muss zugeben, dass ich mein Zeitgefühl in letzter Zeit etwas verloren hatte. Ich holte das Bild von Francesca heraus, das erste und einzige Polaroid von ihr selbst, das sie mir gegeben hatte.

Noch heute erinnere ich mich gerne an diese Zeit zurück, auch wenn ich die Fotos nicht mehr vor mir habe. An jenem Abend wollte ich mich gerade auf dem Rückweg in mein Hotel machen, hoffnungsvoll und in dem Glauben, morgen zur richtigen Zeit zurück zu sein. Plötzlich tippte mir jemand auf die Schulter. Ich drehte mich um, im ersten Moment dachte ich wohl, dass ich träume.

Da stand sie, Francesca. Nur einen Schritt von mir entfernt, mit ihrem typischen Lächeln in einem schönen, knielangen Kleid. Ehe ich den Mund aufmachen konnte, um etwas zu sagen, fingen zwei Geigenspieler im Hintergrund an zu spielen. Ohne ein Wort nahm sie mich an der Hand, lächelte mich an und führte mich auf eine kleine Tanzfläche, umringt von Kerzen und Weinreben. Begleitet von den Geigenspielern tanzten wir die ganze Nacht, so kam es mir jedenfalls vor.

Wir sagten kein Wort, lagen uns tanzend in den Armen und ließen die Musik unsere Bilder in der Nacht sein.

Manchmal möchte ich mich nur an diese Nacht erinnern. Es war eine Zeit, in der alles möglich schien. Vielleicht bin ich jetzt nicht mehr als ein alter Kauz, der der vergangenen Zeit hinterher weint. Das mag auch so sein, aber trotzdem würde ich keine Sekunde missen wollen, egal was danach alles noch geschah.
Irgendwann in der Nacht, als die Geigenspieler nach Hause gingen und auch die wenigen Gäste langsam verschwanden, entfernte sie sich langsam von mir mit einem Lächeln. Bis zuletzt hielt sie meine Hand. Als sie um die Ecke verschwand, sah sie mich ein letztes Mal an. Und in ihren Augen war eine Spur von Traurigkeit, als würde sie nicht gehen wollen.

Ich wollte ihr nach, doch irgendetwas hielt mich zurück. Die letzten Gäste waren weg und da stand ich nun, allein zwischen den Kerzen, die noch brannten.

Ob ich zu der Zeit verliebt in sie war? Heute weiß ich, ja…, das war ich. Obwohl ich es selbst in diesem Moment nicht wissen konnte, sondern nur erahnen.

Ich stand wohl noch ewig in diesem kleinen Garten. Jedenfalls kam es mir so vor. Ständig sah ich ihr Gesicht vor mir, die Traurigkeit in ihren Augen. Wollte sie mir etwas damit sagen? Etwas verloren in meinen Gedanken machte ich mich auf dem Weg zurück. Erst später fiel mir auf, dass ich wieder an der alten Statue vorbeiging. Ich hielt an und bemerkte erst kurz bevor ich den Weg fortsetzen wollte, was am Fuß der Mauer, angelehnt an die Statue, lag.

Es war ein weiteres Polaroid von Francesca, wie sie lächelte und strahlte in ihrem bezaubernden Kleid. Doch diesmal war nur ein Herz auf der Rückseite, keine Uhrzeit und kein Ort. Aber wieso? Wollte sie mich nicht mehr sehen? War das doch nur ein Traum? Doch die Bilder und die gemeinsame Zeit sprachen eine andere Sprache, als dass das alles nur ein Traum hätte gewesen sein können.

Was ich zu diesem Zeitpunkt jedoch nicht wusste, war, dass eine lange Suche auf mich zukommen würde, falls ich Francesca jemals wieder sehen wollte. Die schreckliche Ironie daran? Sie wusste es wohl von Anfang an. Sie verschwand so plötzlich, wie sie in mein Leben getreten war.

Noch heute sehe ich sie vor mir in ihrem roten Kleid. Ihre Augen funkelten und leuchteten im Kerzenlicht. Diesen Abend… unseren Tanz habe ich bis heute nicht vergessen und werde es nicht. Auch wenn ich leider das letzte Foto von ihr für immer verloren habe.

Kapitel 3

Ich stand noch lange an dieser Statue, schaute ewig in die Nacht hinein. Wie einen Film sah ich den ganzen Abend vor meinen Augen. Stetig gingen mir die Bilder durch den Kopf. Ich merkte nicht, wie die Zeit verging und langsam die Sonne aufging. Einer der schönsten Momente, die man zu zweit erleben kann, wenn sie nicht fehlen würde. Wo sollte ich Francesca nur finden?

Die nächsten Tage verbrachte ich an jedem einzelnen Ort, an denen wir uns trafen. Immer in der Hoffnung, dass ich sie wiedersehen würde. Überall hinterließ ich meine Polaroids. Ein Ort, eine Zeit und ein Herz. So wie es immer war. Vielleicht würde sie mich wieder finden.

Die kommenden Monate vergingen wie im Flug für mich. Und jeden Tag fand ich an jenen Orten die Polaroids von mir wieder, leider ohne Nachricht. Oft sprachen mich viele Leute an, auch meine einheimischen Freunde, die ich hier kennen gelernt habe. Alle hingen an meinen Lippen, jeden Abend aufs Neue. Jeder hatte die Geschichte bestimmt schon zwanzig Mal gehört: Und trotzdem wollten sie jeden Abend wieder die Geschichte von Francesca und mir hören.

Viele Abende waren es, jedes Mal erneut. Immer, wenn ich von meiner Suche nach neuen Nachrichten von Francesca wieder in mein Hotelzimmer zurückkehren wollte, saßen alle schon da. Immer mit einer kleinen Hoffnung in den Augen. Wenn ich nichts sagte, kam wie aus dem Nichts eine Flasche Wein und man setzte sich zu mir an den Tisch. Mehr als ein halbes Glas habe ich nie getrunken. Aber wie es so schön heißt, bei einem Glas Wein in Gesellschaft redet es sich leichter. Und wieder hörten alle die Geschichte aus meinem Mund.

Wenn ich heute an diese Zeit zurück denke, vermisse ich alle, die mir so sehr ans Herz gewachsen sind. Warum ich von dieser Stadt wieder weggegangen bin? Diese Frage habe ich mir oft selbst gestellt. Manchmal rede ich mir ein, es wäre wegen Francesca gewesen. Aber ehrlich gesagt bin ich mir nach all diesen Erlebnissen nicht mehr sicher, ob ich überhaupt jemals dort war.

Aber ich komme vom Thema ab. Wo war ich gerade? Ach ja, die Suche nach neuen Botschaften. Es ging einige Wochen so weiter. Manchmal dachte ich, ich hätte sie in der Menge gesehen. Und jedes Mal, wenn ich ihr nachging, verlor ich sie wieder aus den Augen. Oft, wenn ich eine Rast einlegte an den Orten, wo wir gewesen waren, sah ich mir alle Bilder wieder an. Für diese kurzen Momente fühlte es sich an, als wäre sie gar nicht fort. Als müsste ich mich nur umdrehen und Francesca stünde hinter mir.

Seit diesem Abend mit unserem Tanz war ich nicht mehr bei diesem kleinen Pizzabäcker. Vielleicht sollte ich dort meine Suche fortführen. In der letzten Zeit sollte ich nicht mehr dort hin. Ich hatte immer den Gedanken vor meinen Augen, Francesca hier das letzte Mal gesehen zu haben. Am Anfang hatte ich ein seltsames Gefühl, als ich die verschlungenen Gassen wieder entlang lief. Aber als ich fast wieder bei der Statue war, kam mir alles mehr als nur vertraut vor. Als wäre ich vor Kurzem erst an diesem Ort gewesen.

Ich ging weiter zu jenem Pizzabäcker, wo ich mit Francesca tanzte. Ich saß mich nicht an unseren Tisch, sondern ein paar Tische weiter. Im Hintergrund hörte ich die Geigenspieler wieder. Und doch fühlte ich mich in diesem Moment nicht einsam. Ich trank ein Glas Wein und lauschte der Musik, dachte an den Abend mit Francesca und wie schön dieser Abend gewesen war.

Wie so oft holte ich die Polaroids aus meiner Tasche. Manchmal dachte ich, dass es den Schmerz nur noch verstärken würde. Aber irgendwie waren diese Polaroids das einzige, was ich von Francesca immer bei mir hatte.

Ich dachte an die Zeit, als ich hier nur eine Weile verbleiben wollte, um dann weiter nach Venedig zu reisen. Vielleicht war es doch langsam an der Zeit, die Kamera einzupacken und weiter zu ziehen. Ich trank mein Glas Wein, packte die Bilder ein und ging meines Weges. Sollte ich ein Polaroid mit einer Nachricht zurück lassen? Eigentlich wollte ich mich nicht länger an eine hoffnungslose Liebe klammern.

Doch was ich nicht bemerkte, ich hatte ein Bild von Francesca und mir beim Vorbeigehen an unserem Tisch verloren. Was mir nie auffiel, seltsamerweise war nur ich auf diesem Polaroid. Aber es sollte sich erst viel später heraus stellen, dass das nicht das einzige Bild ohne sie war. Ich machte mich auf dem Weg in mein Zimmer. Viel zu packen hatte ich nicht. Ein paar Sachen, meine Kamera und die Polaroids. Als ich mich langsam von meinen Freunden hier verabschieden musste, war es doch nicht so leicht wie ich am Anfang wohl gedacht, vielleicht auch gehofft hatte.

Eigentlich wollte ich einfach gehen, mitten in der Nacht, und den nächsten Zug nach Venedig nehmen. Doch mit der Zeit waren viele dieser Leute hier so etwas wie eine zweite Familie geworden. Aber wenn ich ehrlich bin, sind sie mehr als das. Eine neue Heimat. Ob ich das damals gedacht hätte, als ich hier angekommen war? Sicherlich nicht. Eigentlich sollte es nur ein Abenteuer sein, eine Zwischenstation auf dem Weg nach Venedig. Was ich damals nicht wissen konnte, dass es alles verändern sollte.

Doch eins habe ich heute noch im Regal neben meiner Polaroidkamera stehen: eine Flasche Rotwein, derselbe, den ich damals mit Francesca an unserem Tisch getrunken habe. Ich schweife ab, ich zünde nur die Pfeife an, dann erzähle ich weiter.

Ein paar Züge aus der Pfeife, der Raum füllt sich mit Vanilleduft…

Ich rauche Pfeife? Eine alte Angewohnheit. Dieser Duft erinnert mich an bessere Zeiten. Aber wo war ich? Ach ja, Venedig.

Was soll ich sagen? Einfach verschwunden bin ich an diesem Tag doch nicht. Ich traf ein paar meiner Freunde draußen bei einem Glas Wein, gerade als ich gehen wollte. Keiner sagte etwas. Nur an meinem Blick erkannten sie, dass es Zeit war zu gehen. Von hier habe ich auch die Flasche Wein in dem Regal. Vielleicht mache ich sie eines Tages doch einmal auf, und wenn auch nur, um an meine neue Heimat erinnert zu werden.

Ich machte mich auf den Weg zum Bahnhof und stieg in den Zug. Langsam aber sicher füllte sich das Abteil um mich herum. Als wir losfuhren, kam ich nicht herum, an Francesca zu denken. Wusste sie schon, dass ich abgereist war? Oder war sie sogar auf dem Weg und würde plötzlich am Gleis erscheinen? Eigentlich wollte ich mir keine Hoffnungen machen. Als wir fast den Bahnhof verlassen hatten, machte ich noch ein letztes Polaroid von der Stadt im Sonnenaufgang. Ich wischte mir eine Träne aus dem Gesicht und bevor das Bild entwickelt war, warf ich es aus dem Fenster und es landete im Gleisbett.

Meine Art Abschied zu sagen. Ein unfertiges Bild, nie entwickelt, nie gesehen. In der Stadt untergegangen. Vielleicht war es besser so. Bis heute kann ich mich nicht genau daran erinnern, ob ich je ein Bild von ihr aus dem Fenster geworfen habe. Nach über zwanzig

Jahren helfen manchmal selbst die Polaroids nicht, um sich an alles zu erinnern. Aber dazu später mehr..

Kapitel 4

Venedig, langsam kam es näher. Eine imposante Stadt. Nun war ich auf den Spuren Casanovas. Eine sehr interessante Legende, zu einer Zeit, wo jede Ausschweifung, selbst in Venedig, ihn den Kopf kosten konnte.

Als ich eine Unterkunft gefunden hatte, begab ich mich in die Bibliothek von Venedig. Ich wollte mehr erfahren über Casanova. Für manche war er nur ein Frauen verachtender Lüstling, der mit viel Spitzfindigkeit die Frauen um den Finger wickelte. Aber interessanterweise gab er am Schluss doch dieses Leben auf, so überbrachte die Legende es jedenfalls.

Auch nach Wochen konnte ich nichts Genaues finden, warum Casanova zu Casanova wurde. Ich weiß, Sie fragen sich jetzt bestimmt, was das mit meiner Geschichte zu tun hatte. Ironischerweise mehr als ich mir selbst damals eingestehen wollte. Nach der Geschichte mit Francesca war ich versucht zu flüchten in ein Leben, wie es Casanova lebte. Doch eines störte mich an seiner Geschichte: am Schluss fand er doch seine große Liebe.

Seltsam für einen Mann, der jede Frau schamlos ausnutzte für seine eigenen Gelüste. Mit der Zeit wusste ich selbst nicht ganz, was ich von so einem Leben halten sollte. Nach einiger Zeit der Nachforschung erkundete ich so langsam die Stadt, von der ich bisher noch kaum etwas mitbekommen hatte. Es stand auch bald der berühmte Maskenball von Venedig vor der Tür. So dachte ich mir, ein bisschen Ablenkung könnte nicht schaden. Die Tage des Balls waren jedoch sehr einsam. Ich sah viele Paare beim Tanzen, wie sie verliebt waren und es genossen, hinter ihren Masken einfach die Zeit vergessen zu können.

Inmitten dieser vielen Masken war ich alleine unterwegs mit meiner Polaroidkamera. Ein Großteil ließ sich bereitwillig ablichten. Der bis dahin schönste Momente war als das Feuerwerk begann und ich ein einzelnes Paar beim Tanzen fotografierte.

Ich verlor mich, ohne es zu merken, in Momenten wie diesem. Irgendwie musste ich an den Tanz mit Francesca denken. Seltsam, wie schnell einen die Erinnerung doch einholen kann. Und doch musste ich in diesem Moment auch an die Legende von Casanova denken. Er wäre seiner Zeit schon längst in der Dunkelheit verschwunden, würde der nächsten Dame hinterher jagen und keinen Gedanken an die letzte Frau verschwenden.

Ich rieb mir ungläubig die Augen und schaute auf das Polaroid, das ich vorher von dem Paar geschossen hatte. Im ersten Moment dachte ich, ich sähe Francesca. Leider war es nur Einbildung. Und doch flossen meine Tränen und tropften auf das Bild. Ich war nicht wie Casanova, der einfach der Liebe entfliehen konnte und sich im Schutze der Dunkelheit in das nächste Abenteuer stürzte.

Vielleicht sollte ich nicht nach Abenteuern suchen, sondern nach ihr – nach Francesca.
Ich blieb noch eine Weile in Venedig, aber nicht, um weiter die Geschichte zu erforschen, sondern da ich an fast jeder Ecke plötzlich ein rotes Kleid sah und dachte, es wäre Francesca. Egal, ob ich gerade irgendwo saß, die Stadt erkundete, meine Polaroids sichtete oder ein neues Polaroid aufnahm, irgendwie war es, als wäre sie immer bei mir.

Langsam dachte ich schon, ich würde verrückt. Eines Tages saß ich in einem kleinen Café bei einem Glas Wein, als mir ein Polaroid aus der Tasche fiel. Und da war sie, Francesca!

Ich trug immer alle Bilder bei mir in meiner Tasche. Wahrscheinlich aus Angst - Angst sich dem Thema stellen zu müssen. Aber ihr Foto hatte ich lange Zeit nicht mehr angesehen. Doch irgendwie war etwas seltsam. Ich konnte mich nicht erinnern, ob ich je ein Polaroid mit ihr zusammen aufgenommen hatte. Eigentlich war ich mir sicher, dass es eines geben müsste. Aber unter all diesen Polaroids fand ich nur Aufnahmen von mir alleine oder nur von Francesca. Erst heute weiß ich warum.

Ich musste wieder an die Zeit in Rom denken, an die kleine Pizzeria in der Gasse, wo ich mit ihr getanzt hatte. Etwas in Gedanken verloren, forderte mich plötzlich eine junge Dame in einem roten Kleid zum Tanzen auf. Dass seit einiger Zeit einige Straßenkünstler gegenüber spielten, fiel mir bis zu diesem Moment gar nicht auf.

Sie fragen sich bestimmt wie ich damals, ob es Francesca war? Ich muss zugeben, im ersten Moment hatte ich ihr Bild vor meinen Augen. Aber sie war es nicht. Und doch hatte das Lächeln dieser jungen Dame etwas Vertrautes. So ließ ich mich von ihr zu einem Tanz „entführen".
Ich vergaß für einen Moment alle Gedanken, vergaß sogar nach ihrem Namen zu fragen. Wir tanzten einfach, als gäbe es keinen Morgen. In gewisser Weise war es auch so.

Nach einiger Zeit tippte mir plötzlich die Bedienung des Cafés nebenan auf die Schulter. Es war schon dunkel, das Café wollte schließen und die Rechnung für meinen Wein war noch offen. Ich drehte mich um, aber die geheimnisvolle junge Dame war schon verschwunden. Ich fragte den Kellner, ob er meine Begleitung gesehen hatte. Er verneinte und sagte mir, dass ich die ganze Zeit mit mir selbst getanzt habe.

Sie können sich vorstellen, dass ich erst einmal etwas unter Schock stand. Wie konnte es sein, dass mich eine junge Frau zum Tanz aufforderte und plötzlich wieder verschwand und keiner sie je gesehen hatte?

Langsam dachte ich wirklich, ich wäre verrückt geworden. Ich zahlte meine Rechnung und packte meine Sachen zusammen. Da sah ich noch ein Polaroid auf dem Tisch liegen, wie ich gerade gehen wollte. Dort war ich zu sehen, wie ich an diesem Abend bei meinem Glas Wein nachdachte. Darunter waren ein Herz und eine Nachricht geschrieben. „In Liebe, Francesca..."

Doch wie konnte das sein? War sie es doch gewesen und ich hatte sie nur nicht erkannt? Langsam fühlte ich mich wie in einem Traum.

Sie fragen sich bestimmt, ob diese Geschichte der Wahrheit entspricht? Ich kann Sie verstehen. Hätte ich es selbst nicht erlebt, würde ich es wohl auch kaum glauben. Lassen Sie uns fortfahren. Mit der Zeit wird alles klar.

Langsam kam mir der Gedanke, ob ich wieder nach Rom reisen sollte, an den Ort, an dem alles angefangen hat – an dem ich die erste Nachricht von Francesca gefunden hatte. Dieses Mal war keine Uhrzeit und kein Platz auf das Polaroid geschrieben. Doch blieb auch noch eine andere Frage.

Sollte ich Francesca vergessen und der Frage nachgehen, wer die unbekannte junge Dame war, die mich zum Tanzen aufgefordert hatte? Ich beschloss, das Schicksal entscheiden zu lassen. Ich machte ein Polaroid von meinem leeren Glas Wein, schrieb eine Uhrzeit in zwei Tagen darauf. Erst wollte ich den Bahnhof als Ort hinzufügen. Aber irgendetwas sagte mir, dass dies nicht nötig sein würde.

So beschloss ich also, in zwei Tagen abzureisen. Was

aus dem Bild wurde? Das habe ich nie mehr gesehen. Vielleicht hat es der Wind weg getragen. Oder jemand hat es in den Müll geworfen. Ehrlich gesagt, spielt es keine Rolle mehr, denn heute kann ich sagen, es hat seinen Zweck erfüllt.

Kapitel 5

Die zwei Tage vergingen wie im Flug, und ehe ich mich versah stand ich am Bahnhof. Der Zug sollte in wenigen Minuten abfahren, mein Gepäck stand neben mir. Und doch wusste ich nicht, ob ich einsteigen sollte.

Weit und breit war niemand zu sehen, weder die unbekannte Dame vom Tanz noch Francesca. Ich beschloss schweren Herzens in mein Abteil einzusteigen, und somit Venedig und all seine Erinnerungen hinter mir zu lassen.

Da war ich wieder… in Rom. Dort, wo alles angefangen hat. Auch wenn Sie jetzt vermuten, dass hier die Geschichte weiter gehen sollte, lassen Sie sich eines Besseren belehren. In Rom angekommen, machte ich mich auf den Weg zum Flughafen, von dem aus ich meine Reise nach Paris mit dem nächsten Flug fortsetzen wollte. Warum Paris? Es war der erste Direktflug mit dem ich Rom verlassen konnte. Wie passend, könnte man meinen. Die Stadt der Liebenden und der einsamen Herzen. Wissen Sie, was das Seltsame daran ist? Mein Flug ging um die Uhrzeit, die ich selbst auf das Polaroid geschrieben hatte für diesen Tag. Doch wirklich bemerkt hatte ich es damals nicht.

Im Flieger versuchte ich auf andere Gedanken zu kommen. Ein seltsamer Weg, der mein Leben bis hierhin genommen hatte. Ob ich heute noch oft an die Zeit

mit Francesca denke? Wenn ich abends ein Glas Wein trinke, erinnert es mich an die Zeit mit ihr und all den Momenten, die wir zusammen erlebt haben.
Ich kam also in Paris an. Als Erstes beschloss ich, alle meine Polaroids an ein altes Postfach von mir zu schicken. Ich hatte es schon lange nicht mehr gebraucht. Vielleicht werde ich eines Tages, wenn ich wieder nach Hause zurückkehren sollte, die Bilder aus diesem Postfach abholen.

So machte ich mich auf den Weg, suchte mir ein Hotel in der Nähe des Eiffelturms und wusste eigentlich nicht, was ich hier sollte. Ich musste noch oft an die Zeit mit Francesca denken. Eines musste ich zu diesem Zeitpunkt einsehen: egal, wie weit ich auch versuchte davon zu laufen, den eigenen Gedanken kann man nicht entfliehen.

Der Herbst zog ein ins Land. Die Tage wurden kürzer, die Nächte in den Cafés immer länger. Mittlerweile war ich schon geraume Zeit in der Stadt der Liebe.

Seltsam, wenn ich heute so darüber spreche. Damals war es für mich die Stadt der Einsamkeit. Egal wo ich hinging, sah ich glückliche Paare. So allein wie hier hatte ich mich schon lange nicht mehr gefühlt.

Eines Abends, als ich mich um den Tag ausklingen zu lassen in ein Café setzte, sah ich meine Polaroids der letzten Wochen durch. Die Fotografie in Paris war eine Welt für sich. Die unterschiedlichsten Paare -

frisch verliebt oder ewig zusammen. Diese Bilder strahlten eine gewisse Ruhe aus in diesem Moment.

Manchmal sehnte ich mich in diesen Momenten an die Tage mit Francesca zurück. Oft holt einen die Vergangenheit wieder ein, schneller, als man glauben mag. Doch dann passierte etwas äußerst Seltsames. Der Kellner fragte mich nach meinem Namen. Er überreichte mir einen Brief, der am Tag zuvor für mich abgegeben wurde. Eigentlich wusste keiner, wo ich mich aufhielt. Meine alten Freunde aus Rom hörten das letzte Mal von mir, als ich in Venedig ankam.

Ich machte den Brief auf, mir stockte der Atem. Wenn ich meine eigene Handschrift nicht erkannt hätte, dann würde ich es wohl heute noch nicht glauben.

„Liebe Francesca..

Einige Zeit ist vergangen seit unserer gemeinsamen Zeit in Rom. Seit ich dich aus den Augen verloren habe, versuche ich dich zu vergessen.

Aber selbst an neuen Orten tauchst du immer wieder auf, so plötzlich wie du wieder verschwindest. Ich habe keine Ahnung, wie dich dieser Brief erreichen soll. Und doch habe ich das Gefühl, dass du ihn erhalten wirst.

Bis bald in Paris.

X X"

Nach dem ersten Schock, verstand ich die Welt nicht mehr. Warum sollte ich einen Brief an Francesca verfassen und diesen mir selbst zusenden? Und wieso wusste ich nichts mehr davon? Fragen über Fragen... Und genau an diesem Punkt hatte ich meinen ersten Zusammenbruch.

Was ich noch weiß? Nachdem ich den Brief gelesen hatte, nichts mehr. Ich wachte im Krankenhaus auf. Ich erfuhr von den Ärzten, dass ich plötzlich das Bewusstsein verloren hatte und nicht mehr aufgewacht war. Drei Wochen lang war ich ich in einer Art Koma gelegen. Aber erklären konnten mir die Ärzte nicht, was mit mir passiert war.

Ich saß wieder in diesem Café. Aus dem Krankenhaus hatte ich mich selbst entlassen. Und ich ahnte schon, dass mir kein Arzt jemals helfen könnte.

Jedenfalls noch nicht zu diesem Zeitpunkt...

Kapitel 6

Ich fragte mich selbst, warum sollte ich in Paris bleiben? Ich dachte noch immer über meinen eigenen Brief an Francesca nach. Egal wo ich hinkam, egal wo ich hinsah, egal wohin ich flüchtete, überall sah ich sie.

Gedankenverloren rührte ich in meinem Kaffee herum und merkte dabei gar nicht, dass sich eine junge Dame meinem Tisch näherte. Erst als sie mich ansprach, ob sie sich zu mir setzen dürfte, bemerkte ich sie. Und im gleichen Moment war ich wie von Sinnen.

Es war die unbekannte junge Dame aus Venedig. Sie setzte sich und erzählte mir, dass sie mich per Zufall am Flughafen sah und beschloss, mir nachzureisen. In Paris angekommen verlor sie mich zunächst aus den Augen, klapperte jeden Abend ein anderes Café ab in der Hoffnung mich wieder zu sehen.

Unglaubwürdig? So ging es mir auch. Ich wollte meinen Augen nicht trauen. Ich dachte, ich träume vor mich hin – und wollte nicht wieder aufwachen. Und warum? Lieber wollte ich in diesem Traum verbleiben, als ewig an Francesca denken zu müssen. Verflucht, ewig erfolglos nach ihr zu suchen.

Verflucht? Ja, Sie haben richtig gelesen. Nach so langer Zeit kann die Suche nach der unsterblichen Liebe ein Fluch sein. Verdammt, einsam umherzuwandern, immer auf der Suche nach ihr.

Aber wenn es ein Traum war, was war passiert? War ich wieder im Krankenhaus? Lag ich noch im Koma? Eigentlich war es mir egal. In diesem Augenblick konnte ich endlich glücklich sein. Und wenn das heißen sollte, dass ich ewig in einem Traum leben würde, so konnte ich hier das Leben führen, das ich wollte...

Wo war ich? Paris! Ach Paris…

Wir redeten die ganze Nacht. Jeden Abend verabredeten wir uns erneut am gleichen Tisch, jedoch ohne Uhrzeit. Jedes Mal saß ich da, rührte gedankenverloren meinen Kaffee, bis sie erschien.

Nach einigen Abenden gingen wir anschließend immer gemeinsam spazieren. Paris bei Nacht. Oft schienen die Sterne. Doch ich sah nur sie. Leider kann ich mich nach all dieser Zeit, nicht mehr an ihren Namen erinnern.

Die Frau, die mich Francesca komplett vergessen ließ, zog mich so sehr in ihren Bann. Und doch, jeden Abend nach einem sinnlichen Kuss zum Abschied verschwand sie wie vom Erdboden verschluckt.

Und so fand ich mich jeden Abend in demselben Café wieder, wartend auf sie, gedankenverloren den Kaffee umrührend.

Jedes Mal, wenn ich sie sah, verliebte ich mich neu in sie, und nach einem letzten Kuss verschwand sie wie von Geisterhand. Damals hoffte ich, sollte es wirklich ein Traum sein, so möge er niemals enden.

Kapitel 7

Nach einiger Zeit verschwand sie nicht mehr aus meinem Leben. Jeden Abend nahmen wir uns ein Hotelzimmer, küssten uns zärtlich, versuchten jeden Moment festzuhalten, bis wir uns die ganze Nacht liebten.

Und doch verschwand sie jeden Morgen wieder wie vom Erdbeben verschluckt. Doch wissen wollte ich nie, was der Grund dafür war. Aber eines Abends hielt ich diese Ungewissheit nicht mehr aus, und musste sie einfach fragen.

Sie lächelte mich an und ihre einzigen Worte waren: „So lange wir uns in unseren Träumen wieder finden, was spielt es dann für eine Rolle?"

Erst heute kann ich verstehen, was sie meinte. Weit über 20 Jahre sind seither vergangen. Und oft wünschte ich, ich wäre nie aus diesem „Traum" aufgewacht.

Aber kommen wir zurück zur Geschichte.

Ich verbrachte viele Jahre mit ihr in Paris. Auch wenn sie jeden Tag aufs Neue verschwunden war, trafen wir uns abends immer wieder. Langsam ließ ich mich in Paris nieder. In meiner alten Heimat verkaufte ich mein Haus und mit diesem Geld eröffnete ich eine kleine Galerie inmitten des Herzens von Paris.

Jeden Tag ging ich hinaus, fotografierte die Welt um mich herum. Das Leben, die Liebe inmitten der Stadt. Nachmittags kehrte ich zurück in meine Galerie, entwickelte die Fotos und erschuf neue Leinwände.

Meine Abende verbrachte ich in demselben Café, rührte gedankenverloren meinen Kaffee, und wartete darauf, dass sie plötzlich wieder vor mir stand. Wir sahen uns meine neuen Aufnahmen an und auch wenn ich ihren Namen nicht mehr weiß, so hatte ich doch ein sehr schönes Leben mit ihr.

Jeder Tag war ein neues Abenteuer. Und langsam dachte ich, dass es doch kein Traum sein konnte. Doch das Leben geht manchmal sehr merkwürdige Wege.

Eines Tages wachte ich wieder im Krankenhaus auf. Ich war am Vortag wieder ohnmächtig geworden und im Café zusammen gebrochen. Auch dieses Mal konnten mir die Ärzte keine Ursache nennen. Einige Wochen sollte ich für weitere Tests noch bleiben, doch ich wollte nichts davon hören.

Ich entließ mich wieder selbst, kehrte in das Café zurück und wartete. Doch dieses Mal vergebens. Jeden Morgen ging ich auf die Straße, machte meine Fotos und war in Gedanken immer bei ihr, in meiner Galerie dachte ich bei jedem meiner Werke an sie.

Und so verbrachte ich meine Abende gedankenverloren den Kaffee umrührend, um vergeblich auf sie zu warten.

Ach Paris... Du bist eine einzigartige Schönheit, die mich langsam aber sicher um den Verstand brachte.

Kapitel 8

Ich entschied mich dafür, in Paris zu bleiben, in der Hoffnung, sie eines Tages wieder zu sehen.

So verschwand das zweite Mal die Frau an meiner Seite aus meinem Leben. Sie fragen sich bestimmt, was aus ihr geworden ist? Nun, die Antwort darauf ist nicht ganz einfach.

Viele Jahre vergingen und Paris wurde immer einsamer für mich. Eines Tages wachte ich wieder im Krankenhaus auf. Diesmal häuften sich meine Anfälle. Alle paar Wochen fand man mich bewusstlos auf. Die Ärzte drängten mich förmlich dazu mich weiter untersuchen zu lassen. Doch ich entließ mich jedes Mal wieder selbst.

Denn Paris war mein Leben, auch wenn ich sie vielleicht nie mehr wieder sah, so wollte ich die Hoffnung und meine Arbeit nicht aufgeben. Irgendwann stellte ich einen Assistenten ein. Er lernte bei mir und war mein ständiger Begleiter.

Er wusste von meinen Anfällen und sorgte jedes Mal dafür, dass ich sofort wieder aus dem Krankenhaus entlassen wurde. Philippe, so hieß er, wenn ich mich recht erinnere.

Mit der Zeit wurde er ein guter Freund und mein engster Vertrauter. Er verstand nie, warum ich mich nicht

weiter untersuchen lassen wollte, aber er respektierte meine Entscheidung.
Irgendwann hörte ich auf, in das Café zu gehen und vergrub mich in Arbeit. Ich erinnere mich noch gut an diese Zeit. Abends tranken wir ein Glas Wein und mit der Zeit hielten wir regelmäßig Vernissagen in der Galerie ab.

Nach geraumer Zeit fragte ich ihn, warum er eigentlich bei mir blieb. Nach all den Jahren hatte er genug gelernt, um seine eigene Galerie eröffnen zu können. Seine Werke waren faszinierend und fanden Anklang. Und doch wich er mir jeden Abend aus.

Bis auf einen Abend. Da sagte er mir den Grund. Er sei nur ein Produkt, geschaffen in einem Traum. Und er ließe seinen Meister nicht allein, nur weil dieser krank sei. Danach machte er sich wieder an die Arbeit, als ob nichts gewesen sei.

Im ersten Moment dachte ich mir nichts dabei. Und doch musste ich jeden Tag über seine Worte nachdenken. Was er wohl damit meinte, er sei ein Produkt in einem Traum? Manchmal vergaß ich seine Worte.

Heute muss ich immer noch oft an Philippe denken. Ohne ihn wäre Paris noch einsamer gewesen. Die Jahre gingen ins Land und neben all dem Erfolg, den wir mit unserer Arbeit hatten, wurden auch meine Anfälle immer schlimmer.

Irgendwann bat er mich nach einem Anfall, mich dieses Mal nicht selber zu entlassen. Ich sollte die Tests machen, zu denen die Ärzte mich schon Jahre drängten. Letztendlich gab ich doch nach und hörte auf den Rat meines alten Freundes.
Ob ich ihm böse war deswegen? Gegrollt habe ich ihm nie, auch wenn ich das ihm nie gesagt habe. Aber ich glaube, er wusste es auch so. Manchmal erinnerte er mich ein wenig an mich. In meinen jungen Jahren war ich teilweise genau so stur wie er. Vielleicht verband uns gerade das zu so guten Freunden.

Die Wochen im Krankenhaus vergingen und bisher konnte kein Arzt sicher sagen, was meine Anfälle auslöste. Oft wollte ich mich wieder selbst entlassen, aber Philippe brachte mich immer wieder dazu, noch etwas durchzuhalten.

Irgendwann kreisten meine Gedanken wieder um die ersten Monate in Paris. Wie alles dazu kam. Oft erzählte ich meinem alten Freund Teile der Geschichte. Irgendwann fragte er mich, warum ich nie erwähnte, was aus der jungen Dame geworden ist?

Ich wollte nicht zugeben, dass sie einfach aus meinem Leben verschwunden war und winkte das Thema ab. Seine Worte darauf weiß ich heute noch.

„Eines Tages wird sich alles wieder fügen…"

Damals wusste ich nicht, was er damit meinte. Heute weiß ich, dass er Recht behalten hat.

Nach einiger Zeit im Krankenhaus ohne konkrete Diagnose, sollte ich mich in Behandlung zu einem Psychiater begeben. Sie können sich vorstellen, wie begeistert ich war. Immerhin waren meine Anfälle nicht vorgetäuscht. Nicht umsonst entließ ich mich jedes Mal von selbst aus dem Krankenhaus. Aber bevor ich nein sagen konnte, meinte mein alter Freund, was es denn schon schaden könnte.

Zu verlieren hatte ich nichts, denn die Anfälle wurden nicht besser. Also entschied ich mich dazu, mit ihm zu reden. Am ersten Tag war ich schon etwas erstaunt von diesem Arzt. Doktor Federico. Irgendwie wusste ich nicht ganz, was ich von ihm halten sollte.

In den ersten Sitzungen ging es ihm nicht um meine Krankheit. Wir gingen jedes Mal erst eine Weile spazieren. Er ließ mich einfach von meinem Leben erzählen. Was ich die letzten Jahre erlebt habe, wie mein Leben verlaufen war.

Ich muss ehrlich zugeben, lange Zeit dachte ich, dass Doktor Federico mehr Probleme hatte als ich. Warum sonst sollte er sich freiwillig die Probleme anderer Tag für Tag anhören? Das spürte er auch, aber er sagte mir ganz offen, kein normaler Mensch wäre verrückt genug, um diesen Job auszuführen.

Das war das erste Mal, als er mir sympathisch wurde. Seitdem wurden unsere Gespräche immer tiefer und wir redeten viel über meine letzten Erlebnisse. Er verurteilte mich nicht, hörte sich viele Stunden jede meiner Geschichten an. Er war fasziniert, was ich für ein Leben führte.

Irgendwann nach all diesen Gesprächen fragte ich ihn einmal nach einem Grund für meine Anfälle. Seine Antwort beschäftigte mich damals noch viele Monate.

Er sagte, wer wäre er, mir mein Leben mit einer Diagnose komplizierter zu machen, als es eh schon sei. Seit ich mit ihm diese Gespräche führte, waren keine Anfälle mehr aufgetreten. Oft dachte ich darüber nach. Wollte ich wirklich seine Antwort wissen? Oder war die Ungewissheit doch das kleinere Übel?

Ein weiteres halbes Jahr zog vorbei. Endlich entließ man mich aus dem Krankenhaus. Ich sollte bei Doktor Federico in Behandlung bleiben. Eigentlich wusste ich immer noch nicht, was mir das bringen sollte. Aber auf irgendeine Weise freute ich mich oft schon auf unsere Gespräche. Mit der Zeit waren wir so etwas wie Freunde geworden.

Wenn ich heute daran denke, ist es wohl Ironie, dass der „Doc", wie ich ihn gern nannte, einer von wenigen realen Dingen in meinem Leben war.

Kapitel 9

In meiner Abwesenheit kümmerte sich Philippe um die Galerie. Nach meiner Rückkehr aus dem Krankenhaus beschloss ich allmählich, weiterzuziehen. Bei meiner letzten Sitzung mit Doktor Federico erzählte ich ihm von meinen Plänen.

Er sagte nur, wenn ich mir sicher sei, etwas über mich selbst erfahren zu wollen, sollte ich meine Entscheidung nicht bereuen. Ich verabschiedete mich von ihm und versprach, ihm hin und wieder einen Brief zu schreiben.

Noch am selben Abend saßen Philippe und ich wieder einmal in demselben Café. Es war schon eine zweite Heimat für uns geworden. Ich erzählte ihm von meinen Plänen. Leicht war es für mich nicht, war er doch in all dieser Zeit so etwas wie Familie für mich geworden.

Mittlerweile war wieder einmal Weihnachten. Vielleicht wollte ich deswegen fort aus Paris. Ich übergab am Weihnachtsabend Philippe die Schlüssel für die Galerie. Er wünschte mir alles Gute und gab mir zum Abschied einen Brief mit der Bitte, diesen erst zu öffnen, falls ich wieder nach Paris kommen sollte.

Eine etwas seltsame Bitte, aber meinem alten Freund konnte ich dies nicht abschlagen. So verabschiedeten wir uns mit einem Lächeln und ich machte mich auf zum Flughafen.

Doch eigentlich wusste ich gar nicht, wo ich hin sollte. Am Flughafen waren nur noch ein paar wenige Flüge um die Zeit verfügbar. So beschloss ich spontan, den letzten Flug nach Island zu nehmen. Mitten im Winter reizte mich die Landschaft dort. Ich hoffte, dort etwas Ruhe auf meiner Reise zu finden.

Nach ein paar Zwischenlandungen kam ich am zweiten Weihachstag in Island an. Ich fuhr in die nächste Ortschaft und mietete mir dort in einem kleinen Gasthaus für die kommende Zeit ein Zimmer.

Da war ich nun, mitten in Island. Die Landschaft war vom Schnee bedeckt und ich musste das erste Mal seit langem wieder an Francesca denken. Da erinnerte ich mich an Philippes Brief, den ich eigentlich erst öffnen sollte, wenn ich wieder nach Paris zurückgekehrt war. Ich hatte aber das Gefühl, dass ich ihn besser sofort öffnen sollte.

Ich las den Brief und traute meinen Augen nicht, was geschrieben stand...

„Hallo Ich...

du kennst mich wohl nur unter dem Namen Philippe. Es ist schwer zu erklären, aber ich bin du. In gewisser Weise bin ich nur ein Teil von dir. In deiner Vorstellung hast du mich wohl wirklich gesehen. Doch ich erkannte sehr schnell, dass ich nur eine andere Persönlichkeit deiner selbst bin..."

Den Rest des Briefes konnte ich nicht mehr lesen. Ich erinnere mich nur daran, dass ich in einem Krankenhaus aufwachte. Langsam aber sicher kam meine Erinnerung an die ersten Zeilen des Briefes wieder zurück.

Ich wollte es nicht glauben. Sollte ich mir das alles nur eingebildet haben? War Philippe nur eine Einbildung meiner selbst und wenn ja, was war mit der Galerie und meinem Leben in Paris? Hatte ich mir das alles nur eingebildet? Ich wusste nicht weiter, entließ mich selbst und kehrte in meine Unterkunft zurück.

Überstürzt packte ich meine Sachen zusammen, fuhr mit einem Taxi zum Flughafen und reiste mit der nächsten Maschine wieder nach Paris. Während des Fluges gingen mir tausend Gedanken durch den Kopf: wie konnte das möglich sein? War mein ganzes Leben eine Farce gewesen? Und da dachte ich an Francesca. Was war mit ihr? Sollte sie auch nur eine Einbildung gewesen sein? Oder sogar ein Teil meiner selbst?

Irgendwann schlief ich wohl im Flugzeug ein. Eigentlich möchte man meinen, ich hätte nicht schlafen können. Aber nach all diesen neuen Erkenntnissen und Gedanken konnte ich mich nicht mehr wach halten. Ich war erschöpft und zugleich ein Wrack. Kurz vor Paris weckte mich eine Stewardess. Langsam wurde ich nervös. Was sollte mich in meinem Atelier erwarten?

Nach der Landung stieg ich ins nächste Taxi und fuhr zur Galerie. Dort angekommen war ich entsetzt: alles sah verlassen aus. Die Türen beschmiert mit Graffiti, die Fenster von innen abgehängt. Nach meinem ersten Schock fasste ich allen Mut zusammen und schloss auf. Immerhin ging die Tür noch auf.

Innen war alles mit Tüchern abgehängt. Und seit Monaten war hier keiner mehr am Werk gewesen. Nur wo war Philippe? Plötzlich fiel mir sein Brief wieder ein. Da stand ich nun, inmitten meiner Galerie. Wie konnte mein ganzes Leben nur eine Art Traum gewesen sein? Wie konnte ich selber nicht merken, dass ich Personen in meinem Leben sah, die es gar nicht gab?

Sie können sich vorstellen, liebe Leser, ein Leben, das man durch eigene Persönlichkeiten angeblich gelebt hat, lässt einen an seinem ganzen Leben zweifeln. War ich diese Person, oder war ich doch nur eine andere Persönlichkeit in meinem oder im Kopf eines anderen. Irgendwie sehr verwirrend. Aber fahren wir fort, bevor ich den Faden verliere…

Wie sollte es weiter gehen? Eigentlich sollte ja Philippe die Galerie weiterführen. Ich beschloss, alle Bilder wieder aufzuhängen. Es dauerte ein paar Wochen. Aber nach und nach erstrahlte mein Atelier wieder im alten Glanz. Doch manchmal hatte ich das Gefühl, dass ich Philippe wieder sah. Als würde er plötzlich vor dem Schaufenster stehen. Immer wenn ich dachte, er wäre da, war der Umriss schon wieder verschwunden.

Vielleicht sollte ich einmal das alte Café aufsuchen, indem wir, ähm, ich meine ich, damals war. Langsam war es mehr als verwirrend. Was hatte ich selbst erlebt? Und was wie eine Art Tagtraum? Aber Moment. Da fiel mir ein, dass ich den Brief von mir oder Philippe, wie auch immer, noch in der Tasche hatte. Damals hatte ich ihn nicht fertig gelesen.

Ich nahm den Brief und las die letzten Zeilen. Einfach war es nicht, da ich meine eigene Handschrift erkannte. Danach war es wieder soweit, ein erneuter Zusammenbruch. Ich wachte wieder im Krankenhaus auf. Man hatte mich so gefunden. Und der Brief war verschwunden.

Wo war er hingekommen? Hatte ich ihn selbst weggeworfen? Und warum konnte ich mich nicht an den Rest des Briefes erinnern? Tausend Fragen und keine Antworten. Nur Bildfragmente und Lücken in meiner Erinnerung.

Nach ein paar Tagen wurde ich entlassen, und ich stand nun vor einer der schwersten Entscheidungen meines bisherigen Lebens. Sollte ich glauben, was Philippe in den ersten Zeilen geschrieben hatte? Oder sollte ich ihn lieber als einen Spinner und Freund in Erinnerung behalten und meinen Weg fortsetzen.

Vielleicht war es die falsche Entscheidung, wer konnte mir das schon beantworten. Denn, ehrlich gesagt, mir kam das alles selbst sehr unglaubwürdig vor.

Ich verkaufte die Galerie, packte meine letzten Sachen und verließ Paris. Dieses Mal zum letztem Mal. Ich wollte nicht mehr an die Zeit erinnert werden.

Kapitel 10

Eine aufwühlende Geschichte... Heute denke ich mit gemischten Gefühlen an die Zeit in Paris zurück. Wo war ich stehen geblieben? Ach ja, das Ende von Paris...

Ich begab mich zum Flughafen und reiste wieder nach Island. Diesmal hielt ich mich aber nicht in der gleichen Pension auf. Ich suchte einen Makler und kaufte mir inmitten der einsamen Landschaft an einem kleinen See eine kleine Blockhütte. Das Geld vom Verkauf der Galerie reichte ohne Probleme dafür.

Wahrscheinlich denken sie sich jetzt, liebe Leser, das war es jetzt? Die ganze Geschichte, nur um in der Einöde zu verschwinden und nicht zu erfahren, was aus Francesca wurde? So einfach ist es nicht. Was denken Sie, wo dieses Buch entstand? Ich wollte Zeit und Abstand. Abstand von der Welt, der Vergangenheit und von Francesca.

Vielleicht hoffte ich, dass ich sie so vergessen würde. Manchmal kommt jedoch alles anders, als man denkt.

Island war ein schönes Land. Und in der Einsamkeit, die mich immer wieder überkam, war diese Landschaft oft Trost und Ablenkung zugleich. Doch das alles täuschte nicht darüber hinweg, dass ich immer noch an Francesca denken musste. Mittlerweile war ein Jahr vergangen und man könnte meinen, die Zeit wäre für mich in Island stehen geblieben.

Vielleicht wollte ich wieder weg laufen. Allem entkommen. Oder doch nur der Einsamkeit entkommen?

Nach diesem Jahr plante ich eine neue Reise. Ich machte die Blockhütte fertig für den Winter, verriegelte alle Fenster und Türen, schließlich wusste ich nicht, wie lange ich unterwegs sein sollte. Aber um ehrlich zu sein, aus eigener Erfahrung dachte ich mir wohl schon, dass es eine kleine Ewigkeit dauern könnte, bis ich wieder hierher zurückkommen würde.

Wo wollte ich hin? Die Frage stellt sich Ihnen wahrscheinlich gerade. Ich flog wieder nach Rom. Die gleiche Herberge, die gleiche Straße, die gleichen Leute. Dort, wo alles begann. Dort wo ich Francesca das erste Mal gesehen hatte und sich mein gesamtes Leben von Grund auf verändert hat.

Auf dem Flug dorthin fand ich in meiner Tasche ein einzelnes Polaroid von damals wieder. Den Rest schickte ich vor Ewigkeiten ja an ein Postfach. Aber ehrlich gesagt, geleert habe ich es bis heute nicht. Vielleicht sind die Bilder schon entsorgt worden, oder liegen bis heute noch in diesem Postfach. Möglicherweise beschäftigen sie einen vermeindlichen Finder so, wie sie mich einst beschäftigt haben.

Falls ja, wünsche ich ihm eine gute Reise auf der Entdeckung meiner Geschichte.

Sie wissen bestimmt noch von der kleinen Pizzeria, von der ich erzählt habe. Dort, wo sowohl der erste Tanz mit Francesca stattfand, als auch meine Suche nach ihr begann und nie enden wollte.
Nun, genau dort ging ich wieder hin, jeden Abend aufs Neue. Tagsüber ging ich wieder meiner Tätigkeit als Fotograf nach. Oft verkaufte ich meine Polaroids direkt auf der Straße. Es machte mich zwar nicht unbedingt reich, aber es reichte völlig zum Leben.

Und jeden Abend saß ich wieder in der kleinen Gasse. Vielleicht war ich verrückt. Wer kann das heute schon noch sagen. Aber ich denke, ich war hoffnungslos romantisch. Irgendwie dachte ich, wenn es mir und Francesca bestimmt sein sollte, uns wieder zu finden, dann würde es vielleicht genau hier an diesem Ort geschehen.

Ich weiß, liebe Leser, für manchen mag es sich wirklich verrückt anhören. Aber ehrlich gesagt, ohne diese hoffnungslose Romantik würde es meine Geschichte vielleicht gar nicht geben. Ob sie der Wahrheit entspricht, müssen Sie am Ende selbst entscheiden. Aber was wäre das Leben ohne Geschichten, die uns träumen und hoffen lassen?

Kapitel 11

Eines Tages, ich weiß gar nicht mehr wie lange ich schon wieder in Rom war, hatte ich das Gefühl, dass etwas anders war als sonst. Ich lauschte abends den Geigenspielern und trank ein Glas Wein.

Im ersten Moment schwärmte ich wieder in der Vergangenheit, wie ich mit Francesca tanzte, bis mir jemand auf die Schulter tippte. Ich drehte mich um und was ich als Erstes sah, ließ mir den Atem stocken. Es war ein rotes Kleid, DAS rote Kleid. Ich sah langsam hoch und traute meinen Augen kaum. Da war sie, Francesca...

Sie lächelte mich an wie bei unserem ersten Tanz und reichte mir die Hand zum Tanzen. Man möchte meinen, ich hätte tausend Fragen an sie gehabt. Doch irgendwie war mir in diesem Moment alles egal. Ich ergriff ihre Hand und es war wieder wie beim ersten Mal. Wir tanzten die ganze Nacht, als gäbe es keinen morgen. Und als die Pizzeria langsam schloss, gingen wir durch die Gassen den Rest der Nacht spazieren.

Wir schlenderten zu jedem Ort, der unsere Geschichte mit den Polaroids verband. Es war wie ein Traum, aus dem ich nie mehr aufwachen wollte. Und auch wenn es nicht geplant war, liebten wir uns diese Nacht das erste Mal. Ich wollte keinen Gedanken daran verschwenden, wie die letzten Monate gewesen waren.

Es war einfach wie im Märchen. Nach all den Plagen ein Happy End. Schön wäre es gewesen.

Was haben Märchen mit dem wahren Leben gemeinsam? Eigentlich nicht viel. Sie lebten glücklich bis an ihr Ende? Das gibt es eben nur im Märchen.

Es vergingen viele Monate, in denen Francesca und ich nun schon zusammen waren. Wir redeten viel über meine Arbeit, darüber was ich in den letzten Jahren auf meinen Reisen erlebt hatte, und doch erzählte ich ihr nichts von Philippe. Heute weiß ich nicht mehr genau warum. Vielleicht wollte ich einfach nicht mehr an die Zeit denken, in der ich Francesca so schmerzlich vermisste.

Wir redeten auch nie über den Abend, an dem sie ohne ein Wort aus meinem Leben verschwunden war. Heute bereue ich es sehr, da ich nie die Antwort auf die Frage bekam, die so sehr in meinem Herzen brannte. Aber andererseits weiß ich auch, dass es nichts geändert hätte.

Aber ich schweife ab...

Eines Morgens wachte ich auf, drehte mich um und wunderte mich, dass Francesca nicht neben mir lag. Mir war sofort klar, dass sie gegangen war. Das Zimmer wirkte leer. Und doch suchte ich nach einem Brief. Als ich meine Fototasche bei Seite räumte, fiel ein Brief daraus auf den Boden. Ich hob ihn auf, als Absender stand Francescas Namen darauf.

Sie wollen bestimmt wissen, was in dem Brief stand? In diesem Moment war ich nur verwirrt und verzweifelt. Sie hatte mich schon wieder verlassen! Aus heiterem Himmel! Ich wollte gar nicht wissen, was in dem Brief stand. Tief verletzt und wütend vor Trauer warf ich den Brief in den Papierkorb. Ich nahm ein Streichholz, zündete es an und warf es zu dem Brief.

Da brannte sie nun, meine Vergangenheit und vielleicht auch die Antwort auf all meine Fragen. Ich sank zu Boden und unter Tränen schaute ich zu, wie aus dem Stück Papier langsam Asche wurde. Ab diesem Zeitpunkt kann ich mich an nichts mehr erinnern. Was danach passierte, weiß ich nur vom Hörensagen.

Kapitel 12

Wo war ich? Ach ja, bei dem Brief, den ich verbrannte. Als ich aufwachte, war ich im Krankenhaus. Wie ich dort hin kam? Ich erfuhr es wenig später von den Sanitätern, die mich gefunden hatten.

Als ich neben dem Papierkorb saß, merkte ich nicht, dass sich mein Zimmer immer mehr mit Qualm füllte. Vertieft in Gedanken muss ich irgendwann ohnmächtig geworden sein. Als man draußen den Rauch aus dem Fenster strömen sah, rief man sofort die Feuerwehr. Ich hatte wohl mehr Glück als Verstand!

Es brannte zwar nur der Papierkorb, aber als man mich fand, atmete ich kaum noch. In diesem Moment kam ich nicht umher zu denken, dass es wohl das passende „Happy End" gewesen wäre. Eine tragische Liebesgeschichte, erstickt als ich Francescas Abschiedsbrief im Papierkorb verbrannte.

Doch dieses Mal hatten meine Taten mehr Auswirkungen, als es mir zunächst bewusst war. Man glaubte mir nicht wirklich, dass ich mich nicht umbringen wollte. So legte mir man nahe, ich sollte mich freiwillig in psychologische Behandlung begeben. Die Alternative wäre wahrscheinlich eine Verhandlung wegen Brandstiftung gewesen.

Also stimmte ich zu und ging so in eine vorgeschriebene Tagesklinik. Immerhin war ich noch ein freier

Mensch. So lange ich meine Termine einhielt, konnte ich kommen und gehen, wann ich wollte. Nach einigen Wochen stellte sich langsam das Gefühl bei mir ein, dass ich doch wohl etwas Abstand von der Welt da draußen gebrauchen könnte und entschied mich für einen stationären Aufenthalt.

Es war zwar nicht die Blockhütte, die ich in Island besaß, aber immerhin fand ich etwas Ruhe. Bei schönem Wetter saß ich draußen im Park, zündete meine Pfeife an, und schlenderte in meinen Gedanken durch meine Vergangenheit.

Kurz darauf bekam ich meinen neuen Psychologen vorgestellt. Zu meiner Überraschung war es Doktor Federico oder „Doc", wie ich ihn früher immer gern nannte.

Er hatte vor einiger Zeit in diese Klinik gewechselt. Vielleicht war es Schicksal oder doch nur purer Zufall. Aber besser hätte es mir wohl in meiner jetzigen Situation nicht ergehen können, als das ich endlich ein vertrautes Gesicht wiedersah.

Ich denke heute noch gerne an die Gespräche mit ihm zurück. Er hatte immer ein offenes Ohr für meine Geschichten, egal, wie lange wir da saßen. Oft begab er sich auch einfach so zu mir in den Park, auch wenn wir gar keinen vorgegebenen Behandlungstermin hatten.

Wir sprachen über Gott und die Welt, vor allem über

meine Welt, was ich erlebt hatte und wie ich wieder nach Rom gekommen war. Auch von Paris und meinem Freund Philippe erzählte ich ihm, der eigentlich meine Galerie führen sollte, so lange ich in Island war. Er hörte gespannt meine Geschichte und fragte manchmal etwas nach und hörte mir weiter zu.

So ging das über viele Monate. Und ich hatte ihm gerade erst einmal alles über die Galerie in Paris und Philippe erzählt. Am Ende kam ich zu dem Brief, den er mir hinterlassen hatte, den ich eigentlich zu dieser Zeit noch nicht hätte lesen sollen.

Warum ich ihn damals geöffnet habe, fragte er mich. Ehrlich gesagt konnte ich ihm diese Frage gar nicht beantworten. So konterte ich selbst mit einer Gegenfrage, welche Diagnose wollte er mir damals nicht erzählen.

Er lächelte mich an und meinte, in gewisser Weise hätte ich mir diese Frage schon selbst beantwortet. Er stand auf, verabschiedete sich und sagte zu mir noch, wenn ich bereit dazu wäre, können wir beim nächsten Mal das Thema meiner Diagnose vertiefen.

Im ersten Moment war ich verwirrt, nahm einen langen Zug aus meiner Pfeife und fragte mich innerlich selbst, ob ich wirklich dazu bereit wäre? Was wäre, wenn auch nur ein Funken Wahrheit in dem Brief von Philippe gestanden hatte? Wollte ich das wirklich wissen? Oder sollte ich die Vergangenheit lieber ruhen lassen und mich stattdessen auf das hier und jetzt konzentrieren.

Aber wie ich mir selber eingestehen musste, die Vergangenheit ruhen zu lassen war der Grund, warum ich eigentlich hier saß und meine Pfeife rauchte. Wie so oft wollte ich nur noch weg, nur um am Ende doch wieder meine Sachen zu packen und nichts ahnend meiner Vergangenheit nachzujagen? Ich glaube, damals wurde mir bewusst, dass ich vielleicht doch mehr darüber erfahren sollte.

An diesem Tag saß ich noch bis Sonnenuntergang im Park mit meiner Pfeife. Und doch kam ich nicht umher, wieder an Francesca zu denken. Ich machte mir keine Gedanken, was in ihrem letzten Brief stehen könnte. Ich dachte viel an unsere gemeinsame Zeit und merkte, wie sehr sie mir fehlte.

Kapitel 13

Am nächsten Morgen hatte ich das nächste Gespräch bei Doktor Federico. Eigentlich war ich nicht bereit, aber ich wollte doch wissen, was er damals meinte.

So fragte er mich, was wäre, wenn der Brief der Wahrheit entsprochen hätte? Ich meinte, dann wäre ich wohl ein Fall für die Klapsmühle. Einen kurzen Lacher konnte sich der „Doc" nicht verkneifen. Und ich? Ich schaute ihn etwas verzweifelt an.

Er entgegnete mir, dass wenn ich mir selbst einen Witz erzählen würde, obwohl niemand sonst anwesend wäre, ich immer ein Publikum hätte. Im ersten Moment wusste ich nicht, ob ich darüber lachen oder weinen sollte. Aber als er anfing zu lachen, konnte ich mich auch nicht mehr zurück halten. Und so kam es, dass wir zusammen das erste Mal lachten.
Seine aufhellende Art brachte mich dazu, die Dinge etwas anders zu sehen. Nach unserem Lachanfall redeten wir wieder über den Brief und er erzählte mir seinen damaligen Eindruck von mir.

Er mutmaßte, dass ich eine Persönlichkeitsstörung haben könnte, allerdings in einer ganz bestimmten Form, was nun auch dieser Brief zu bestätigen schien. Uns beiden fiel auf, dass das meine Handschrift auf dem Brief war. Er war davon überzeugt, dass eine andere Persönlichkeit in meinem Kopf vorhanden war und allein die Tatsache, dass diese mir nie schaden wollte, mir vielmehr nach einem traumatischen Erlebnis wie der Geschichte mit Francesca beistand, zeige eine Art Selbstschutz.

Sie können sich vorstellen, solch eine Diagnose haut einen erst Mal um. Wir redeten noch lange über diese Möglichkeit und bevor ich ging sagte er zu mir, ich solle mir alles in Ruhe durch den Kopf gehen lassen und erst wieder zum Gespräch erscheinen, wenn ich bereit dazu war, weiter darüber sprechen zu wollen.

Die Wochen darauf saß ich eigentlich nur noch im Park, rauchte eine Pfeife nach der anderen und lauschte oft der Musik, die aus einem nahe gelegenen Café erklang.

Ich saß immer noch mit meiner Pfeife im Park, als nach einiger Zeit Doktor Federico erschien, sich neben mich setzte und lächelnd seine Pfeife stopfte. Als ich ihn darauf fragte, ob Rauchen nicht ungesund sei, lachte er und meinte, dass er als Psychiater den Vorteil hätte, sich nur um die seelischen Probleme kümmern müsste und nicht um die „Was-wäre-wenn"-Szenarien des Körpers.

Er grinste mich an und schaffte es tatsächlich, mich nach Wochen wieder zum Lachen zu bringen. Das war vielleicht eine der beeindruckendsten Eigenschaften des „Docs". Er sah die Welt oft mit einem lachenden Auge, egal wie trüb sie manchmal auch für andere wirken mochte. Fortan saß er jeden Abend mit mir auf einer Bank und zündete sich seine Pfeife an. Eigentlich weiß ich bis heute noch nicht so ganz warum. Er ahnte wohl schon, dass ich einerseits noch nicht bereit war, weiter über das Thema zu reden, aber andererseits doch froh über seine Gesellschaft war.

Nach einigen Tagen fingen wir an, nebenbei Schach zu spielen. Es mag seltsam klingen, aber seine Anwesenheit hatte etwas Tröstliches. Er drängte mich nie zu einem Gespräch und doch redeten wir oft über Gott und die Welt. Heute weiß ich, was ich damals nicht wusste: ich brauchte Zeit. Das wusste der „Doc".

Auch heute treffen wir uns noch einmal in der Woche zum Schach spielen und Pfeife rauchen, obwohl ich nicht mehr sein Patient bin. Nach all den Jahren ist er ein guter Freund für mich geworden, den ich für immer „Doc" nennen werde.

Kapitel 14

Nach diesen ganzen Geschehnissen könnte man sich fragen, warum man überhaupt noch weiterleben möchte? Diese Frage stellte ich auch Doktor Federico. Seine Antwort beschäftige mich sehr lange, ja sogar noch heute.

Was wäre das Leben ohne Träume? Eine Krankheit ist schlimm, keine Frage. Aber wenn die Alternative dazu ist, ein Leben im Traum leben zu können, sich somit eine Auszeit von der Krankheit nehmen zu können. Was wäre die bessere Wahlmöglichkeit?
Sie fragen sich bestimmt, ob ich diese Diagnose überhaupt angenommen habe? Das ist eine gute Frage. Ich glaube, man wird sie nie wirklich annehmen können. Immer wieder frage ich mich, wie es Francesca geht, obwohl ich eigentlich weiß, dass sie nur ein Produkt meiner Krankheit ist. Genauso wie Philippe. Aber lange Zeit waren diese Personen für mich real.

Oft redete ich mit Doktor Federico beim Schach darüber. Er sagte mir, nur weil es andere Personen in meinem Körper sind, muss das nicht heißen. dass alles nicht der Wahrheit entspricht. Ich glaube in gewisser Weise wollte er mir zu verstehen geben, dass meine Krankheit als eine Art Traum in mein Leben fließt und zur Wirklichkeit wird. Vielleicht ist das in gewisser Weise auch ein Glück. Denn eine Persönlichkeitsstörung kann sich auch ganz anders entwickeln.

Diesen Satz habe ich nie vergessen. Vielleicht war es an der Zeit, wieder zu meiner Hütte nach Island zu reisen. Ich saß oft und lange im Park, überlegte noch mehr und versuchte verzweifelt im Rauch meiner Pfeife eine Antwort zu finden und sprach offen mit meinem Freund „Doc" über mein Vorhaben.

Eines Tages meinte er zu mir, was wären wir ohne die Erforschung unseres Selbst? Er machte mir Mut und bestätigte mich in meinem Plan. In den darauf kommenden Tagen bereitete ich alles vor, packte meine Sachen und verabschiedete mich von ihm und verließ die Klinik auf eigenen Wunsch. Zuletzt sagte Doktor Federico noch zu mir, er würde sich freuen, wenn er hin und wieder einen Brief von mir bekommen würde. Ich nickte und stieg in ein Taxi.

Nach dieser ganzen Zeit sitze ich nun in meiner Hütte und arbeite an diesem Buch. Was ich ihnen, liebe Leser, bisher noch nicht erzählt habe, als ich in Island ankam und meine Hütte betrat, fand ich einen Brief. Einen Brief von Philippe. Ich erkannte meine Handschrift und wusste, dass ich, beziehungsweise er, ihn geschrieben haben musste, bevor ich abgereist war. Dieser Wechsel der Persönlichkeiten ist für mich immer noch sehr verwirrend.

Doch nach dieser ganzen Zeit in der Klinik schockte mich der Brief nicht so sehr, wie ich anfangs vermutet hatte.
„Ich hoffe, du hast den Schock etwas verdaut. Wahrscheinlich hast du beim ersten Mal den Brief nicht zu

Ende gelesen. Ich weiß zwar nicht, ob du dich an meine Anweisung gehalten hast, aber wenn nicht, hast du Francesca noch nicht wieder gesehen.

Ich dachte, es würde es dir einfacher machen, wenn sie dir alles erklärt. Du wunderst dich wahrscheinlich gerade etwas, aber ich wusste nicht erst von deinen Erzählungen von Francesca. Wir wissen schon lange voneinander, doch dich wollten wir nicht damit belasten.

Doch in einem kannst du dir sicher sein: Francesca hat dich wirklich von Herzen geliebt. Und ich bin wirklich dein Freund geworden. Das einzige, was wir zu keinem Zeitpunkt beeinflussen können, ist, ob und wann einer von uns zum Vorschein kommen kann."

Nach der ganzen Zeit in der Klinik hatte dieser Brief etwas Tröstliches. Auch wenn vieles wie ein Traum erschien, war es doch irgendwie wahr.

So vergingen die Monate in Island, während ich weiter an meinem Buch schrieb. Eines Tages erhielt ich ein Paket aus meiner alten Heimat. Sie fragen sich bestimmt, wo diese liegt. Aber selbst heute finde ich noch, dass dieses nichts zur Sache tut. Erinnern sie sich noch an meine Erzählungen, wie ich alle Polaroids an mein Postfach dort schickte? Nun, Philippe hatte eine kleine Nachricht dem Paket beilegen lassen. Er hatte beauftragt, dass mein altes Postfach aufgelöst wird und alle Bilder nach Island geschickt werden.

Heute hängen sie alle verteilt in der ganzen Hütte. Auch jene, auf denen nur Ort und Uhrzeit darauf geschrieben waren, wo ich damals Francesca wiedersehen sollte.
Und wenn es eine Krankheit sein soll, die das alles hervor gebracht hatte, so war es doch ein sehr interessantes Leben, trotz all seiner Höhen und Tiefen.

Doch Sie denken bestimmt, das war es nun. Kein Happy End, ein kranker Autor und die Liebe seines Lebens eine Einbildung? Aber hat das Leben nicht viele Arten von Happy Ends?

Eines Tages klopfte es an der Tür. Nichts ahnend machte ich die Tür auf. Und ich wollte zuerst meinen Augen nicht trauen. Da stand sie... Francesca.

Auch wenn ich wusste, dass sie nur eine andere Persönlichkeit in meinem Kopf war, so sprangen mir die Worte meines alten Freundes Doktor Federico im Kopf herum. Nur weil es ein Traum ist, heißt es nicht, dass es nicht real ist.

Viele Tage vergingen und wir redeten über alles, was je geschehen war. Darüber, dass sie wusste, dass wir eigentlich dieselbe Person waren und doch zwei absolut unterschiedliche Charaktere. Nach einigen Wochen, war sie immer noch nicht verschwunden. Es schien fast so, als sollte sie diesmal für immer bei mir bleiben.

Mittlerweile war ich schon beinahe ein Jahr wieder in Island. So machte ich mich daran, meinem alten Freund „Doc" einen Brief zu schreiben. Ich erzählte von meinem Leben hier, von dem Buch, an dem ich schrieb, und natürlich, dass Francesca wieder bei mir war.

Ein paar Wochen darauf bekam ich eine Antwort von der Klinik mit dem Inhalt, dass Doktor Federico leider vor einigen Tagen unerwartet verstorben sei, anbei eine Notiz, wann die Beerdigung sein sollte.

Das war es also. Der einzige Freund, der mir geblieben war nach all dieser Zeit, war nun tot. Ich packte meine Sachen und machte mich auf den Weg zum Flughafen. Ich wollte unbedingt Abschied nehmen von meinem alten Freund. Im selben Moment, in dem ich die Hütte verließ und mich auf dem Weg machte, merkte ich erst, dass Francesca wieder verschwunden war.

Ich konnte mir keine großen Gedanken darüber machen. Schließlich war ich immer noch fassungslos, dass mein alter Freund nicht mehr da sein sollte.

Als ich bei der Beerdigung ankam, waren nicht viele Leute da. Schon traurig, man könnte fast meinen, dass ihn so gut wie niemand gekannt hatte. Nach der Beerdigung sprach mich ein junger Mann an und stellte sich als Assistent von Doktor Federico vor. Er gab mir das alte Schachspiel von ihm, das er immer im Park dabei gehabt hatte.

Stunden über Stunden hatten wir auf diesem Brett gespielt und über Gott und die Welt gesprochen. Und nun sollte dies das einzige Erinnerungsstück sein, das mir von meinem Freund geblieben war.

Nach ein paar Tagen machte ich mich wieder auf nach Island. Angekommen an meiner Hütte war alles so, wie ich es verlassen hatte, genau so leer wie in dem Moment, als Francesca verschwand und ich auf dem Weg zu der Beerdigung war. Die kommende Zeit verbrachte ich damit, mein Buch endlich fertig zu stellen. Über die Jahre bin auch ich ein alter Mann geworden und merke nun langsam aber stetig, dass mir wohl nicht mehr viel Zeit bleiben würde.

Und so…

liebe Leser, komme ich nun an den Punkt der Geschichte, an dem Sie meinen Namen erfahren, obwohl ich mich bisher bewusst dagegen entschieden hatte. Darf ich mich vorstellen: Doktor Federico, aber Sie dürfen mich „Doc" nennen. Denn in Wahrheit ist Philippe der reisende Fotograf in dieser Geschichte und ich bin genau wie Francesca nur ein Teil von ihm.

Als Philippe immer schwächer wurde, kam ich zum Vorschein. Und die Beerdigung? Nun, er dachte wohl wirklich, ich sei verstorben. Bevor uns „alle" nun die Kraft verlässt, lassen Sie mich noch eines erzählen.

Ausgesucht hatte sich diese Konstellation keiner von uns. Am Ende wurde sein Geist immer schwächer, weshalb er wohl dachte, dass ich es sei, der verstorben war, obwohl sein eigenes und unser alle Ende bald bevorstand.

Vor einigen Jahren tauchte Francesca wieder auf. Ich kann es nur vermuten, doch bin ich mir ziemlich sicher, dass sie bis zuletzt bei ihm geblieben ist. Über all die Jahre, als er dieses Buch verfasste, musste er viele Qualen erleiden. Wir alle versuchten, ihm das Leben erträglicher zu machen.

Ich bin überzeugt davon, dass er seinen Lebensabend mit der Arbeit an diesem Buch, mit Francesca und einem guten Glas Wein verbracht hat. Und auch wenn ich seit Ewigkeiten nichts mehr von Francesca „gehört" habe, so glaube ich doch, dass die beiden bis zum Schluss ein schönes Leben zusammen hatten.

Nun kennen Sie die Geschichte von Philippe, Francesca und mir. Als meine letzte Aufgabe sah ich es an, dieses Buch für ihn fertig zu schreiben. Ob Sie diese Geschichte glauben möchten, bleibt ihnen überlassen.

Ich war zwar nur eine Persönlichkeit von Philippe, aber trotzdem denke ich gerne an die Zeit im Park zurück, als wir gemeinsam Schach spielten und Pfeife rauchten. Und auch wenn Francesca und ich nur ein Symptom seiner Krankheit waren, so sind wir doch auch ein Teil von ihm.

Und so hoffe ich, dass sein letzter Wunsch in Erfüllung ging. Auch wenn es nur ein Traum gewesen sein mag, so war es für ihn und für uns real. Denn was wäre das Leben ohne Träume?

Am Schluss kann ich nur sagen, dass er sich an meinen Rat gehalten hat, den ich ihm bei unserem letzten Gespräch mit auf den Weg gegeben habe: **lebe im Traum, anstatt an der Krankheit zu zerbrechen...**

The End.